FABLES CHOISIES DE FLORIAN

LIBRAIRIE MARPON & FLAMMARION
E. FLAMMARION SUCC^r
PARIS

EXEMPLAIRES DE LUXE

Il a été fait de cet ouvrage
un tirage de luxe
de deux cents exemplaires
numérotés (Nos 1 à 200) sur le
papier japonais *Hô-shô.*

FABLES CHOISIES

DE J.-P. CLARIS

DE FLORIAN

ILLUSTRÉES PAR DES ARTISTES JAPONAIS

SOUS LA DIRECTION

DE

P. BARBOUTAU

DEUXIÈME SÉRIE

TOKIO

LIBRAIRIE MARPON & FLAMMARION

E. FLAMMARION SUCC^R

26, RUE RACINE, PRÈS L'ODÉON

PARIS

Pour l'illustration de cette deuxième série de FABLES CHOISIES DE FLORIAN, nous avons eu la bonne fortune de pouvoir adjoindre à nos précédents collaborateurs un artiste des plus distingués. A côté des pages signées *Ka-no Tomo-nobou*, *Kadji-ta Han-ko*, les amateurs remarqueront les cinq compositions non moins délicates de Mr *Kou-bo-ta To-soui* : LES DEUX VOYAGEURS, L'ENFANT ET LE MIROIR, L'AVARE ET SON FILS, LES ENFANTS ET LES PERDREAUX, LE VIEUX ARBRE ET LE JARDINIER.

Kou-bo-ta Tō-soui appartient à l'école de *O-kio* (école de Shi-djo) en ce sens que son éducation artistique fut dirigée par les descendants directs de ce maître illustre. Toutefois les talents de cette valeur ne sauraient demeurer prisonniers d'une formule, ou d'une école. La personnalité de l'artiste s'est affirmée dans ces œuvres qui ont depuis longtemps signalé *Kou-bo-ta To-soui* à l'attention de ses compatriotes. Il sera, nous l'espérons, apprécié de même en France.

I

LES DEUX PAYSANS
ET LE NUAGE

« Guillot, disoit un jour Lucas
D'une voix triste et lamentable,
Ne vois-tu pas venir là-bas
Ce gros nuage noir ? C'est la marque effroyable
Du plus grand des malheurs.—Pourquoi ? répond Guillot.
— Pourquoi ? regarde donc ; ou je ne suis qu'un sot,
Ou ce nuage est de la grêle
Qui va tout abîmer, vigne, avoine, froment ;
Toute la récolte nouvelle
Sera détruite en un moment.
Il ne restera rien : le village en ruine
Dans trois mois aura la famine ;
Puis la peste viendra ; puis nous périrons tous.
— La peste ! dit Guillot : doucement, calmez-vous,
Je ne vois point cela, compère ;
Et, s'il faut vous parler selon mon sentiment,
C'est que je vois tout le contraire :
Car ce nuage assurément
Ne porte point de grêle ; il porte de la pluie.

La terre est sèche dès longtemps ;
Il va bien arroser nos champs ;
Toute notre récolte en doit être embellie,
Nous aurons le double de foin,
Moitié plus de froment, de raisins abondance,
Nous serons tous dans l'opulence,
Et rien, hors les tonneaux, ne nous fera besoin.
— C'est bien voir que cela ! dit Lucas en colère.
— Mais chacun a ses yeux, lui répondit Guillot.
— Oh ! puisqu'il est ainsi, je ne dirai plus mot ;
Attendons la fin de l'affaire :
Rira bien qui rira le dernier.—Dieu merci,
Ce n'est pas moi qui pleure ici. »
Ils s'échauffoient tous deux ; déjà, dans leur furie,
Ils alloient se gourmer, lorsqu' un souffle de vent
Emporta loin de là le nuage effrayant :
Ils n'eurent ni grêle ni pluie.

II

LE PAON, LES DEUX OISONS
ET LE PLONGEON

Un paon faisoit la roue, et les autres oiseaux
Admiroient son brillant plumage
Deux oisons nasillards, du fond d'un marécage,
Ne remarquoient que ses défauts.
« Regarde, disoit l'un, comme sa jambe est faite,
Comme ses pieds sont plats, hideux !
— Et son cri, disoit l'autre, est si mélodieux
Qu'il fait fuir jusqu'à la chouette ! »
Chacun rioit alors du mot qu'il avoit dit.
Tout à coup un plongeon sortit.
« Messieurs, leur cria-t-il, vous voyez d'une lieue
Ce qui manque à ce paon : C'est bien voir, j'en conviens ;
Mais votre chant, vos pieds, sont plus laids que les siens,
Et vous n'aurez jamais sa queue. »

III

LE CHARLATAN

Sur le Pont-Neuf, entouré de badauds,
Un charlatan crioit à pleine tête:
« Venez, Messieurs ; accourez faire emplette
Du grand remède à tous les maux :
C'est une poudre admirable
Qui donne de l'esprit aux sots,
De l'honneur aux fripons, l'innocence aux coupables,
Aux vieilles femmes des amants,
Au vieillard amoureux une jeune maîtresse,
Aux fous le prix de la sagesse,
Et la science aux ignorants.
Avec ma poudre, il n'est rien dans la vie
Dont bientôt on ne vienne à bout ;
Par elle on obtient tout, on sait tout, on fait tout ;
C'est la grande encyclopédie. »
Vite je m'approchai pour voir ce beau trésor...
C'étoit un peu de poudre d'or.

友信

IV

LE LAPIN ET LA SARCELLE

Unis dès leurs jeunes ans
D'une amitié fraternelle,
Un lapin, une sarcelle,
Vivoient heureux et contents.
Le terrier du lapin étoit sur la lisière
D'un parc bordé d'une rivière.
Soir et matin nos bons amis,
Profitant de ce voisinage,
Tantôt au bord de l'eau, tantôt sous le feuillage,
L'un chez l'autre étoient réunis.
Là, prenant leurs repas, se contant des nouvelles,
Ils n'en trouvoient point de si belles
Que de se répéter qu'ils s'aimeroient toujours.
Ce sujet revenoit sans cesse en leurs discours.
Tout étoit en commun, plaisir, chagrin, souffrance :
Ce qui manquoit à l'un, l'autre le regrettoit ;
Si l'un avoit du mal, son ami le sentoit ;
Si d'un bien au contraire il goûtoit l'espérance,
Tous deux en jouissoient d'avance.
Tel étoit leur destin, lorsqu'un jour, jour affreux !
Le lapin, pour dîner venant chez la sarcelle,
Ne la retrouve plus ; inquiet, il l'appelle ;
Personne ne répond à ses cris douloureux.
Le lapin, de frayeur l'âme toute saisie,
Va, vient, fait mille tours, cherche dans les roseaux,
S'incline par-dessus les flots,
Et voudroit s'y plonger pour trouver son amie.
« Hélas ! s'écrioit-il, m'entends-tu ? réponds-moi,
Ma sœur, ma compagne chérie ;
Ne prolonge pas mon effroi :
Encor quelques moments, c'en est fait de ma vie,
J'aime mieux expirer que de trembler pour toi. »

Disant ces mots, il court, il pleure,
Et, s'avançant le long de l'eau,
Arrive enfin près du château
Où le seigneur du lieu demeure.
Là, notre désolé lapin
Se trouve au milieu d'un parterre,
Et voit une grande volière
Où mille oiseaux divers voloient sur un bassin.
L'amitié donne du courage ;
Notre ami, sans rien craindre, approche du grillage,
Regarde, et reconnoît... ô tendresse ! ô bonheur !
La sarcelle : aussitôt il pousse un cri de joie,
Et sans perdre de temps à consoler sa sœur,
De ses quatre pieds il s'emploie
A creuser un secret chemin
Pour joindre son amie ; et, par ce souterrain,
Le lapin tout à coup entre dans la volière,
Comme un mineur qui prend une place de guerre.
Les oiseaux effrayés se pressent en fuyant.
Lui court à la sarcelle ; il l'entraîne à l'instant
Dans son obscur sentier, la conduit sous la terre,
Et, la rendant au jour, il est prêt à mourir
De plaisir.
Quel moment pour tous deux ! que ne sais-je le peindre
Comme je saurois le sentir !
Nos bons amis croyoient n'avoir plus rien à craindre ;
Ils n'étoient pas au bout. Le maître du jardin,
En voyant le dégât commis dans sa volière,
Jure d'exterminer jusqu'au dernier lapin.
« Mes fusils, mes furets ! » crioit-il en colère.
Aussitôt fusils et furets
Sont tout prêts.
Les gardes et les chiens vont dans les jeunes tailles,
Fouillant les terriers, les broussailles ;
Tout lapin qui paroît trouve un affreux trépas :

Les rivages du Styx sont bordés de leurs mânes ;
Dans le funeste jour de Cannes
On mit moins de Romains à bas.
La nuit vient ; tant de sang n'a point éteint la rage
Du seigneur, qui remet au lendemain matin
La fin de l'horrible carnage.
Pendant ce temps notre lapin,
Tapi sous des roseaux auprès de la sarcelle,
Attendoit en tremblant la mort,
Mais conjuroit sa sœur de fuir à l'autre bord
Pour ne pas mourir devant elle.
« Je ne te quitte point, lui répondoit l'oiseau ;
Nous séparer seroit la mort la plus cruelle.
Ah ! si tu pouvois passer l'eau !
Pourquoi pas ? Attends-moi... » La sarcelle le quitte,
Et revient traînant un vieux nid
Laissé par des canards ; elle l'emplit bien vite
De feuilles de roseau, les presse, les unit
Des pieds, du bec, en forme un batelet capable
De supporter un lourd fardeau ;
Puis elle attache à ce vaisseau
Un brin de jonc qui servira de câble.
Cela fait et le bâtiment
Mis à l'eau, le lapin entre tout doucement
Dans le léger esquif, s'assied sur son derrière,
Tandis que devant lui la sarcelle nageant
Tire le brin de jonc, et s'en va dirigeant
Cette nef à son cœur si chère.
On aborde, on débarque, et jugez du plaisir !
Non loin du port on va choisir
Un asile où, coulant des jours dignes d'envie,
Nos bons amis, libres, heureux,
Aimèrent d'autant plus la vie
Qu'ils se la devoient tous les deux.

V

LA GUENON, LE SINGE ET LA NOIX

Une jeune guenon cueillit
Une noix dans sa coque verte ;
Elle y porte la dent, fait la grimace... « Ah ! certe,
Dit-elle, ma mère mentit
Quand elle m'assura que les noix étoient bonnes.
Puis, croyez aux discours de ces vieilles personnes
Qui trompent la jeunesse ! Au diable soit le fruit ! »
Elle jette la noix. Un singe la ramasse,
Vite entre deux cailloux la casse,
L'épluche, la mange, et lui dit :
« Votre mère eut raison, ma mie,
Les noix ont fort bon goût, mais il faut les ouvrir ;
Souvenez-vous que, dans la vie,
Sans un peu de travail on n'a point de plaisir. »

VI

LE PAYSAN ET LA RIVIÈRE

« Je veux me corriger, je veux changer de vie
Me disoit un ami ; dans des liens honteux
Mon âme s'est trop avilie ;
J'ai cherché le plaisir, guidé par la folie,
Et mon cœur n'a trouvé que le remords affreux.
C'en est fait, je renonce à l'indigne maîtresse
Que j'adorai toujours sans jamais l'estimer.
Tu connois pour le jeu ma coupable foiblesse :
Eh bien, je vais la réprimer.
Je vais me retirer du monde
Et, calme désormais, libre de tous soucis,
Dans une retraite profonde,
Vivre pour la sagesse et pour mes seuls amis.
— Que de fois vous l'avez promis !
Toujours en vain, lui répondis-je.
Çà, quand commencez-vous ?—Dans huit jours sûrement.
— Pourquoi pas aujourd'hui ? Ce long retard m'afflige.
— Oh ! je ne puis dans un moment
Briser une si forte chaîne :

Il me faut un prétexte ; il viendra, j'en réponds. »
Causant ainsi, nous arrivons
Jusque sur les bords de la Seine,
Et j'aperçois un paysan
Assis sur une large pierre,
Regardant l'eau couler d'un air impatient.
« L'ami, que fais-tu là ?—Monsieur, pour une affaire
Au village prochain je suis contraint d'aller.
Je ne vois point de pont pour passer la rivière,
Et j'attends que cette eau cesse enfin de couler. »

Mon ami, vous voilà ; cet homme est votre image ;
Vous perdez en projets les plus beaux de vos jours.
Si vous voulez passer, jetez-vous à la nage,
Car cette eau coulera toujours. »

VII

LES ENFANTS ET LES PERDREAUX

Deux enfants d'un fermier, gentils, espiègles, beaux,
Mais un peu gâtés par leur père,
Cherchant des nids dans leur enclos,
Trouvèrent de petits perdreaux
Qui voletoient après leur mère.
Vous jugez de la joie, et comment mes bambins
A la troupe qui s'éparpille
Vont partout couper les chemins,
Et n'ont pas assez de leurs mains
Pour prendre la pauvre famille !
La perdrix, traînant l'aile, appelant ses petits,
Tourne en vain, voltige, s'approche ;
Déjà mes jeunes étourdis
Ont toute sa couvée en poche.
Ils veulent partager comme de bons amis.
Chacun en garde six ; il en reste un treizième :
L'aîné le veut ; l'autre le veut aussi.
« Tirons au doigt mouillé.—Parbleu non.—Parbleu si.
— Cède, ou bien tu verras.—Mais tu verras toi-même. »
De propos en propos, l'aîné, peu patient,
Jette à la tête de son frère
Le perdreau disputé. Le cadet, en colère,
D'un des siens riposte à l'instant.
L'aîné recommence d'autant ;
Et ce jeu qui leur plaît couvre autour d'eux la terre
De pauvres perdreaux palpitants.
Le fermier, qui passoit en revenant des champs,
Voit ce spectacle sanguinaire,
Accourt, et dit à ses enfants :
« Comment donc ! petits rois, vos discordes cruelles
Font que tant d'innocents expirent par vos coups !
De quel droit, s'il vous plaît dans vos tristes querelles
Faut-il que l'on meure pour vous ? »

VIII
L'ENFANT ET LE MIROIR

Un enfant élevé dans un pauvre village
Revint chez ses parents, et fut surpris d'y voir
Un miroir.
D'abord il aima son image ;
Et puis, par un travers bien digne d'un enfant,
Et même d'un être plus grand,
Il veut outrager ce qu'il aime,
Lui fait une grimace, et le miroir la rend.
Alors son dépit est extrême :
Il lui montre un poing menaçant ;
Il se voit menacé de même.
Notre marmot fâché s'en vient, en frémissant,
Battre cette image insolente ;
Il se fait mal aux mains. Sa colère en augmente ;
Et, furieux, au désespoir,
Le voilà, devant ce miroir,
Criant, pleurant, frappant la glace.
Sa mère, qui survient, le console, l'embrasse,
Tarit ses pleurs, et doucement lui dit :
« N'as-tu pas commencé par faire la grimace
A ce méchant enfant qui cause ton dépit ?
— Oui. — Regarde à présent : tu souris, il sourit ;
Tu tends vers lui les bras, il te les tend de même ;
Tu n'es plus en colère, il ne se fâche plus.
De la société tu vois ici l'emblème :
Le bien, le mal, nous sont rendus. »

IX

LE HIBOU ET LE PIGEON

« Que mon sort est affreux ! s'écrioit un hibou ;
Vieux, infirme, souffrant, accablé de misère,
Je suis isolé sur la terre,
Et jamais un oiseau n'est venu dans mon trou
Consoler un moment ma douleur solitaire. »
Un pigeon entendit ces mots,
Et courut auprès du malade :
« Hélas ! mon pauvre camarade,
Lui dit-il, je plains bien vos maux,
Mais je ne comprends pas qu'un hibou de votre âge
Soit sans épouse, sans parents,
Sans enfants ou petits-enfants.
N'avez-vous point serré les nœuds du mariage
Pendant le cours de vos beaux ans ? »
Le hibou répondit : « Non vraiment, mon cher frère,
Me marier ! et pourquoi faire ?
J'en connoissois trop le danger.
Vouliez-vous que je prisse une jeune chouette
Bien étourdie et bien coquette,
Qui me trahît sans cesse ou me fît enrager,
Qui me donnât des fils d'un méchant caractère,
Ingrats, menteurs, mauvais sujets,

Désirant en secret le trépas de leur père :
Car c'est ainsi qu'ils sont tous faits ?
Pour des parents, je n'en ai guère,
Et ne les vis jamais : ils sont durs, exigeants,
Pour le moindre sujet s'irritent,
N'aiment que ceux dont ils héritent ;
Encor ne faut-il pas qu-ils attendent longtemps
Tout frère ou tout cousin nous déteste et nous pille.
— Je ne suis pas de votre avis,
Répondit le pigeon. Mais parlons des amis ;
Des orphelins c'est la famille :
Vous avez dû près d'eux trouver quelques douceurs.
— Les amis ! ils sont tous trompeurs.
J'ai connu deux hiboux qui tendrement s'aimèrent
Pendant quinze ans, et, certain jour,
Pour une souris s'égorgèrent.
Je crois à l'amitié moins encor qu'à l'amour.
— Mais ainsi, Dieu me le pardonne !
Vous n'avez donc aimé personne ?
— Ma foi non, soit dit entre nous.
— En ce cas-là, mon cher, de quoi vous plaignez-vous ? »

X
LES DEUX VOYAGEURS

Le compère Thomas et son ami Lubin
Alloient à pied tous deux à la ville prochaine.
Thomas trouve sur son chemin
Une bourse de louis pleine ;
Il l'empoche aussitôt. Lubin, d'un air content,
Lui dit : « Pour nous la bonne aubaine !
— Non, répond Thomas froidement :
Pour nous n'est pas bien dit ; *pour moi*, c'est différent. »
Lubin ne souffle plus ; mais, en quittant la plaine,
Ils trouvent des voleurs cachés au bois voisin.
Thomas, tremblant, et non sans cause,
Dit : « Nous sommes perdus ! — Non, lui répond Lubin :
Nous n'est pas le vrai mot ; mais *toi*, c'est autre chose. »
Cela dit, il s'échappe à travers les taillis.
Immobile de peur, Thomas est bientôt pris ;
Il tire la bourse et la donne.

Qui ne songe qu'à soi quand sa fortune est bonne,
Dans le malheur n'a point d'amis.

XI

LE PHILOSOPHE ET LE CHAT-HUANT

Persécuté, proscrit, chassé de son asile,
Pour avoir appelé les choses par leur nom.
Un pauvre philosophe erroit de ville en ville,
Emportant avec lui tous ses biens, sa raison.
Un jour qu'il méditoit sur le fruit de ses veilles,
C'étoit dans un grand bois, il voit un chat-huant
Entouré de geais, de corneilles,
Qui le harceloient en criant :
« C'est un coquin, c'est un impie,
Un ennemi de la patrie ;
Il faut le plumer vif : oui, oui, plumons, plumons,
Ensuite nous le jugerons. »
Et tous fondoient sur lui. La malheureuse bête,
Tournant et retournant sa bonne et grosse tête,
Leur disoit, mais en vain, d'exellentes raisons.
Touché de son malheur, car la philosophie
Nous rend plus doux et plus humains,
Notre sage fait fuir la cohorte ennemie,
Puis dit au chat-huant : « Pourquoi ces assassins
En vouloient-ils à votre vie ?
Que leur avez-vous fait ? » L'oiseau lui répondit :
« Rien du tout ; mon seul crime est d'y voir clair la nuit. »

友信

XII

LE VIEUX ARBRE ET LE JARDINIER

Un jardinier dans son jardin
Avoit un vieux arbre stérile ;
C'étoit un grand poirier, qui jadis fut fertile ;
Mais il avoit vieilli, tel est notre destin.
Le jardinier ingrat veut l'abattre un matin ;
Le voilà qui prend sa cognée.
Au premier coup l'arbre lui dit :
« Respecte mon grand âge, et souviens-toi du fruit
Que je t'ai donné chaque année.
La mort va me saisir, je n'ai plus qu'un instant ;
N'assassine pas un mourant
Qui fut ton bienfaiteur.—Je te coupe avec peine,
Répond le jardinier ; mais j'ai besoin de bois. »
Alors, gazouillant à la fois,
De rossignols une centaine
S'écrie : « Épargne-le, nous n'avons plus que lui.
Lorsque ta femme vient s'asseoir sous son ombrage,
Nous la réjouissons par notre doux ramage ;
Elle est seule souvent, nous charmons son ennui. »
Le jardinier les chasse et rit de leur requête ;

Il frappe un second coup. D'abeilles un essaim
Sort aussitôt du tronc, en lui disant : « Arrête,
Écoute-nous, homme inhumain :
Si tu nous laisses cet asile,
Chaque jour nous te donnerons
Un miel délicieux, dont tu peux à la ville
Porter et vendre les rayons ;
Cela te touche-t-il ? —J'en pleure de tendresse,
Répond l'avare jardinier :
Eh ! que ne dois-je pas à ce pauvre poirier
Qui m'a nourri dans sa jeunesse ?
Ma femme quelquefois vient ouïr ces oiseaux ;
C'en est assez pour moi : qu'ils chantent en repos.
Et vous qui daignerez augmenter mon aisance,
Je veux pour vous de fleurs semer tout ce canton. »
Cela dit, il s'en va, sûr de sa récompense,
Et laisse vivre le vieux tronc.
Comptez sur la reconnoissance
Quand l'intérêt vous en répond.

XIII

LES DEUX CHAUVES

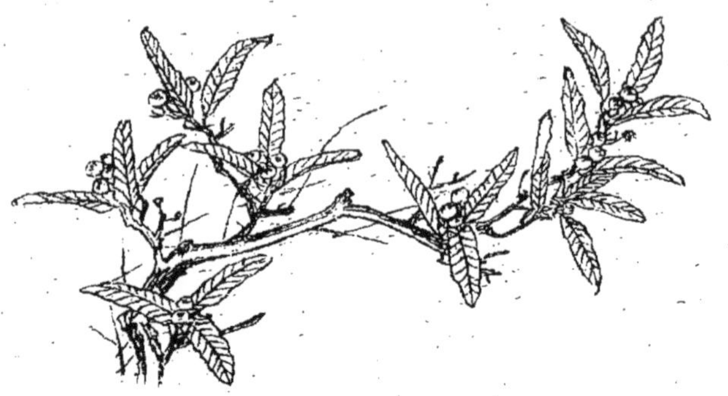

Un jour deux chauves dans un coin
Virent briller certain morceau d'ivoire :
Chacun d'eux veut l'avoir ; dispute et coups de poing.
Le vainqueur y perdit, comme vous pouvez croire,
Le peu de cheveux gris qui lui restoient encor.
Un peigne étoit le beau trésor
Qu'il eut pour prix de sa victoire.

XIV

L'AVARE ET SON FILS

Par je ne sais quelle aventure,
Un avare un beau jour, voulant se bien traiter,
Au marché courut acheter
Des pommes pour sa nourriture.
Dans son armoire il les porta,
Les compta, rangea, recompta,
Ferma les doubles tours de sa double serrure,
Et chaque jour les visita.
Ce malheureux, dans sa folie,
Les bonnes pommes ménageoit ;
Mais, lorsqu'il en trouvoit quelqu'une de pourrie,
En soupirant il la mangeoit ;
Son fils, jeune écolier, faisant fort maigre chère,
Découvrit à la fin les pommes de son père.
Il attrape les clefs et va dans ce réduit,
Suivi de deux amis d'exélent appétit.
Or vous pouvez juger le dégât qu'ils y firent,
Et combien de pommes périrent !
L'avare arrive en ce moment
De douleur, d'effroi palpitant.
« Mes pommes ! crioit-il : coquins, il faut les rendre,
Ou je vais tous vous faire pendre.
— Mon père dit le fils, calmez-vous, s'il vous plaît ;
Nous sommes d'honnêtes personnes :
Et quel tort vous avons-nous fait ?
Nous n'avons mangé que les bonnes. »

TABLE DES FABLES
CONTENUES DANS CE VOLUME

明治廿八年十月十三日印刷
明治廿八年十月十五日發行

著作者 佛國人 馬留武黨
東京市築地居留地五十一番館

發行者 金光正男
仝市麹町區飯田町四丁目廿一番地

印刷者 山本鉄次郎
仝市京橋區西紺屋町廿六七番地 秀英舍々員

印刷所 株式會社 秀英舍
仝市京橋區西紺屋町廿六七番地

畫工 久保田桃水
狩野友信
梶田半古

木版 製文堂

Imprimé par la compagnie de Shueisha à Tokio.

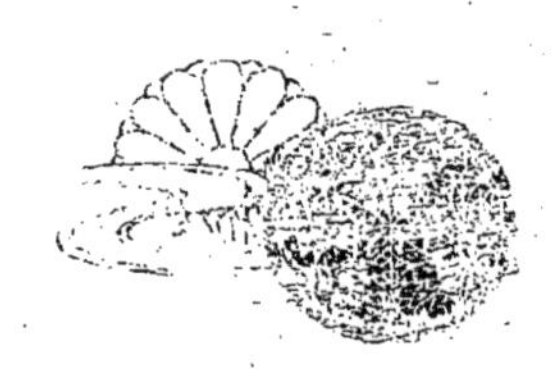

www.ingramcontent.com/pod-product-compliance
Ingram Content Group UK Ltd.
Pitfield, Milton Keynes, MK11 3LW, UK
UKHW021957260726
13994UKWH00004B/1799

9 782329 112053